कितने प्रश्न करूँ

(खंडकाव्य)

कितने प्रश्न करूँ

ममता कालिया

वाणी प्रकाशन

वाणी प्रकाशन

4695, 21-ए, दरियागंज, नयी दिल्ली 110 002

फ़ोन : +91 11 23273167 फ़ैक्स : +91 11 23275710

शाखाएँ

अशोक राजपथ, पटना 800 004, बिहार

कॉफ़ी हाउस कैम्पस, महात्मा गांधी मार्ग, इलाहाबाद 211 001, उत्तर प्रदेश

महात्मा गांधी अन्तरराष्ट्रीय हिन्दी विश्वविद्यालय, वर्धा 442 001, महाराष्ट्र

सुल्तानिया रोड, मोतिया पार्क, भोपाल 462 001, मध्य प्रदेश

www.vaniprakashan.com
marketing@vaniprakashan.in
sales@vaniprakashan.in

KITNE PRASHNA KAROON
by Mamta Kalia

ISBN : 978-81-8143-671-9
Poetry

संस्करण 2008, 2011, 2015
आवृत्ति 2021

मूल्य : ₹ 50

आर. टेक ऑफ़सेट प्रिंटर्स, दिल्ली-110 032 में मुद्रित

वाणी प्रकाशन का लोगो मक़बूल फ़िदा हुसेन की कूची से

भूमिका

रामकथा और काव्य को मैं इतिहास नहीं मानती। मैं इसे एक अनुपम आख्यान मानती हूँ। पहले संस्कृत, बाद में अवधी में इसकी रचना और पुनर्रचना ने यह भलीभाँति किया है कि साहित्य में मानवीकरण की अद्‌भुत सामर्थ्य है। भारतीय जनमानस पर यह काव्याख्यान अपनी ऐसी अमिट छाप डाल चुका है कि इसकी हर पंक्ति सूक्ति बन गई है। और तो और रामायण और मानस के पाठक दृढ़तापूर्वक यह मानते हैं कि राम और सीता के जीवन का चक्र इसी तरह चला था। फिर भी यह कवि की शक्ति है कि हर प्रसंग अपने आप में स्वयंसिद्ध, स्वप्रमाणित सप्राण और सुसंगत है। इसलिए आज भी विवाह के अवसर पर 'बियाह' गाया जाता है तो राम विवाह बावजूद इसके कि विवाहित राम सुखी पुरुष नहीं थे। इसी तरह नवविवाहितों को सराहते हुए कहते हैं कैसी राम सीता की जोड़ी है। राम सीता की जोड़ी दुखी दाम्पत्य का जीता-जागता दस्तावेज रही है।

रामकथा और राम-काव्य के पात्र पाठक को लगातार नयी व्याख्या और विवेचना के लिए ललकारते प्रतीत होते हैं। एक चरित्र में अनेक मोड़ आते हैं। दिक्कत तब आती है जब ये पात्र स्वतन्त्र विकास करने लगते हैं क्योंकि सबको राम की मर्यादा के फ्रेम में फिट बैठना होता है। केन्द्रीय चरित्र की स्थापना में होम हुए पात्रों में सर्वोपरि स्थान सीता का है। सीता के प्रति न्याय की चिन्ता न कवि करता है न पति। राम-काव्य का सबसे सशक्त पात्र संघर्ष की जगह सन्ताप की प्रतिमूर्ति नज़र आता है।

स्त्री-शिक्षा के प्रचार-प्रसार के साथ नवीन चेतना का उद्‌भव हुआ। बीसवीं सदी में समाज में स्त्री की अवस्थिति पर गहन तथा व्यापक विचार-विमर्श का वातावरण बना। समकालीन स्त्री-विमर्श के सरोकारों के तहत सीता का चरित्र, उसके प्रति समाज और उसके जीवन-साथी का आचरण बार-बार पुनर्विवेचना की माँग करता है। राम-काव्य केवल हाथ जोड़कर, आँख मूँदकर सुन लेनेवाला आख्यान नहीं है वरन् वह हमसे अवलोकन, पुनरावलोकन और बारम्बार अनुसंधान की अपेक्षा रखता है।

सीता के वैवाहिक जीवन की विषमता, वेदना और व्याघात ने मुझे बहुधा सोचने पर बाध्य किया है कि उसे अबला माना जाय अथवा सबला। अबला मान

लेने से राम-काव्य को ज्यों का त्यों स्वीकार करना सरल हो जाता है। अबला सीता की यही करुण कहानी है कि उसके 'आँचल' में है दूध और आँखों में पानी'। हर हाल में वह पति की सहधर्मचारिणी है, पतिव्रता है। आदर्शवादियों के लिए स्त्री के ये सर्वोच्च गुण हैं।

वर्तमान समय में यह परिवर्तन हुआ है कि सरलीकृत आदर्शवाद में से संकीर्णता की गन्ध आने लगी है। युग के अनुसार आदर्श बदलते रहते हैं। आधुनिक दृष्टि और चेतना के साथ सोचें तो पता चलेगा कि आज पति के अन्याय व प्रताड़ना को प्रश्रय देने वाली स्त्री पतिव्रता नहीं वरन् वज्रमूर्ख कहलाएगी। सीता अपना प्रतिरोध मुखर करती है। एक अग्निपरीक्षा में उत्तीर्ण होने के पश्चात् वह दूसरी अग्निपरीक्षा नहीं देगी। राम ने एक वनवास भोगा था। सीता ने दो वनवास झेले। निर्वासित, निरावलम्ब अरण्य-जीवन में बारह वर्ष की अवधि सीता के मन-मस्तिष्क में प्रश्नों का बवंडर उठा देती है। उसे आभास हो जाता है कि उसकी सज़ा का सम्बन्ध समाज से उतना नहीं है जितना स्वामी के मनोविज्ञान से। आज पुनः परीक्षा से वह परिमार्जित होगी तो कल फिर वही मनोवैज्ञानिक ग्रन्थि उसे नये सिरे से प्रताड़ित करने में सक्रिय हो जाएगी। आक्रोश, असहमति और अस्वीकार के मिले-जुले मारक प्रभाव के अन्तर्गत सीता निर्णय लेती है कि वह अपने आत्मसम्मान को और अधिक स्थगित नहीं रख सकती। धरती का आह्वान कर उसी में समा जाना, सीता के प्रतिरोध की साक्षात् अभिव्यक्ति है। इस खण्डकाव्य में सीता केन्द्रीय चरित्र है।

विवाह

वह महाकाय शिव-धनुष
उठाना तो आसान नहीं था,
अधिकार किए बिन उस पर
मेरा सम्मान नहीं था।

मिथिलेश्वर ने था पाया
इसको अपने पूर्वज से;
पहियों वाली पेटी में
रक्खा था बड़े जतन से।

कितने ही भूपति आए
सुन पूज्य पिता के प्रण को;
प्रत्यंचा चढ़ा न पाए
मन-म्लान, चले वे घर को।

वह दिवस परम पावन था,
प्रातः ही से मलयानिल
लाता था मधुर सन्देशे,
पुलकित साँसें थीं प्रतिपल!

लज्जा से नत आँखें थीं
देखा मैंने कोरों से
था कितना भिन्न तुम्हारा
व्यक्तित्व वहाँ औरों से!

थे एक तुम्हीं जिनको लख
सब कुछ मैं भूल गई थी;
जिह्वा वाणी, पलकों
का उठ-गिरना भूल गई थीं!

उस क्षण ईश्वर से माँगा था
बस एक यही वर पावन;
मिल जाय मुझे यह
सुभग पुरुष मनभावन!

वह साक्षात्कार नयन का
आकस्मिक नहीं लगा था;
वह गूढ़ भाव अन्तर का
शाश्वत सन्धान लगा था।

जब भरी सभा में उठकर
अकस्मात् ही तुमने
दो टूक धराशायी
कर दिया धनुष शिव,

उस क्षण मेरे मानस
की हर्षित हलचल
अभिव्यक्ति नहीं, अनुभूति
बनी थी चंचल!

कम्पित हस्त युगल से
जो जयमाल तुम्हें दी;
उसकी झिलमिल कोमलता
तुमने नयनों में लौटा दी।

सच कहो तुम्हारे मन में
तब कौन गान लहराए!
या केवल गुरु मर्यादा
थी तुमको तब ठहराए!

प्रकृति तक ने अनुमोदन
था किया प्रदान चयन को
स्नेहार्द्र पिता मिथिलेश्वर ने
आशीष दिया था तुमको।

मर्यादा बनी प्रतीक्षा
अब आगामी जीवन की;
उत्कंठा पत्नी हृदय में
आकुलता ले यौवन की।

सब सखियाँ हुईं परायी
दर्पण संग नाता, जोड़ा;
तन के रोयें रोयें को
नूतन स्मृतियों से जोड़ा।

यह मिलन व्यक्ति से बढ़ कर
था वंशोचित गौरव का;
इक्ष्वाकु और निमि-कुल के
अद्भुत संगम-सौरभ का!

धर्मज्ञ पिता चाचा ने
उपदेश दिया था यह ही
मिथिला सांकाश्य अयोध्या
की लाज हमीं चारों ही।

कोमल आकुलता उर ले
ससुराल चलीं चारों हम;
पथ-बीच विघ्न जब आए
सुदृढ़ प्राचीर बने तुम!

रथ पर आरूढ़ तुम्हारी
वह मनमोहक दिव्याकृति;
मन को मथ मथ जाती थी
आगामी सुख की सुस्मृति।

उर्मिला, मांडवी के मन
ऐसे ही उमग रहे थे;
श्रुतिकीर्ति बहन के अवयव
लज्जा से दहक रहे थे।

क्रोधित होकर भृगुनन्दन
ने जब तुमको ललकारा,
प्रत्यंचा खींच धनुष की
उसका गौरव मथ डाला।

मैंने अपलक देखा तब
सत् और तमस् का अन्तर;
संगत ही था द्विज-मुनि से
क्षत्रिय का वह अभिनन्दन!

देखे सब रत्न तुम्हारे
थोड़ी सी कालावधि में;
बल विनय रूप तेजस्वी
कुल-गौरव प्रतिपालन में।

पूर्वानुमान यह तो था
अति महत्त्वपूर्ण पद मेरा;
रघुकुल की मान-प्रतिष्ठा
अम्लान रहे, प्रण मेरा।

संकल्प यही ले उर में
शुभ-गृह में किया पदार्पण;
माँ और पिता के चरणों
में किया निजत्व समर्पण।

बेटी सा समझ सभी ने
वट-वृक्ष छाँह दे दी थी;
सारी नगरी ही मुझको
नूतन-निधि सी भेंटी थी।

पुरजन थे सभी मुदित-मन
परिजन भी विश्वासी थे;
सम-सद्व्यवहार तुम्हारा
तुम हर उर के वासी थे।

ऋतुएँ आती जाती थीं
दिन ढलता, सन्ध्या होती;
मेरे उर में प्रतिपल बस
इक 'राम' 'राम' ध्वनि होती!

नव उषा-काल सा उज्ज्वल
हर क्षण का साथ तुम्हारा;
तुमने मुझको चाहा था
मैंने तुम पर सब वारा!

कुलपति की अतिशय ममता
स्वाभाविक तुम पर ही थी;
तुम ज्येष्ठ पुत्र थे उनके
सब गुण-सम्पन्न तनय भी।

कुलगुरु ने राजतिलक का
सब आयोजन कर डाला;
कुश फूल दूध गंगाजल,
मधु दही बीज घी लावा!

विधि को तब क्या चेता था
उसकी गतिविधि के ऊपर;
कुदृष्टि पड़ी थी तिय की
ज्यों शशि पर राहु-केतु की।

कैकेयी की आज्ञा को
तुम शिरोधार्य कर लौटे;
माँ कौशल्या के आँसू
तब कैसे रुकते रोके!

उन पर तो अकस्मात् ही
दुहरा दुर्दिन था आया;
थीं उपेक्षिता पहले ही
अब शोकाकुल भी जाया।

लक्ष्मण की कोप-लपट को
धर्मोपदेश से रोका;
तुमने माँ को समझाया!
धर्मानुसरण वचनों का!

कौमार्यावस्था में ही
मुझको वरदान मिला था;
वन में निवास करना ही
आवश्यक मुझे पड़ेगा!

मैंने भी साथ तुम्हारे
वन अंगीकार किया था;
उसके दुर्दम खतरों को
आशीष समान लिया था।

सरिताओं की कल कल ध्वनि
पंछी की चह चह तानें;
झंझा का वेग विजन में
प्रकृति के स्वर अनजाने;

सब पर तुमने कौशल से
अधिकार सहज ही पाया;
उद्धार किया कितनों का
कितनों को मित्र बनाया!

अपहरण

कंचन-मृग की भूषा में
साक्षात् देव आ पहुँचा;
मेरी मति डोल गई थी
या नियति-वेग था ऊँचा।

लक्ष्मण की शंकाओं का
कर शमन, चले मृगया को;
मैंने लक्ष्मण को भेजा
प्रिय की रक्षा करने को।

उद्विग्न हृदय तो था ही
आशंका भी घिर आई;
ले नाम तुम्हारा मन में
मैं पर्णकुटी में आई।

कामी रावण भिक्षुक बन
आ पहुँचा पंचवटी में;
मैं कुछ भी समझ न पाई
क्या करती उस निर्जन में!

तुम बहुत दूर थे प्रियतम
मैं थी निरुपाय अकेली;
ले गया मुझे बलशाली
मैं रोई, रो चुप हो ली!

तुमको सन्देश मिला हो
शायद खग मृग वानर से;
क्रन्दन मेरा पहुँचा था
धरती पर जब अम्बर से।

निर्वासन में ही हमको
दुहरा संन्यास मिला था;
निष्कासन पहले ही था
अब पूरा त्रास मिला था।

पापी रावण ने जाने
कितने लालच दिखलाए;
मुझको वे क्या प्रिय लगते
मेरे हिय तुम्हीं समाये!

बस राम राम जप मैंने
वे बारह मास बिताये;
बस देह रही लंका में
मन पास तुम्हारे आए।

सोने की लंका में मैं
थी लौह-पाश में सीमित;
शिंशपा-वाटिका में भी
मैं शोकाकुल थी पीड़ित!

बैठी थी इक दिन कातर
दुःस्वप्नों की कारा में।
कपिश्रेष्ठ तभी आ पहुँचे
गाते प्रभु की गाथाएँ।

श्वेताम्बर पहने थे वे
विद्युत्‌गति से चलते थे।
था पिंगल वर्ण मनोहर
संकटमोचन लगते थे।

आश्वस्त हुई जब थोड़ी,
देखा तब उन्मुख होकर;
कपिराज खड़े थे सम्मुख
अति विनय भाव से आकर।

सब हाल बताया प्रभु का
मुद्रिका दिखाई उनकी;
सब बात तभी समझाई
नर-वानर की मैत्री की।

श्रीराम-नाम से अंकित
मुद्रिका देख हरषाई।
यों लगा कि इस कारा में
प्रत्यक्ष मिले रघुराई।

प्रिय के शुभ की आशंकाएँ
झंझा झकोर सी आईं
यदि क्षेम कुशल से हैं वे
क्योंकर फिर देर लगाई!

बोले कपीश, "वे विस्तृत
सुप्रबन्ध कार्य में रत हैं,
नर-वानर सब मिल-जुल कर
केवल इस ओर प्रवृत्त हैं।"

'निर्दयी असुर ने मेरी
जीवन-तिथि तय कर है
दो मास बीतने पर तो
शरणस्थल माँ धरती है।'

लख कर मेरी आतुरता
प्रस्ताव रखा हनुमत ने,
मैं बैठ पीठ पर उनकी
तत्काल चलूँ उत्तर में।

लज्जा से जड़ हो आई
मैं विस्मय से रोमांचित,
क्या इनको भान नहीं है
पथ दुर्गम और कंटकित?

फिर ये इतने लघु वानर
मुझको क्या वहन करेंगे?
इनकी उत्पाती प्रकृति
है, ये क्या मदद करेंगे!

ये ताड़ गए असमंजस
मेरी लज्जा आशंका;
हो उठे विशाल उसी क्षण
तत्पर गहने को लंका।

आश्वस्त हुई मैं, फिर भी
चलने का प्रश्न नहीं था;
वह राह बड़ी दुर्गम थी
पकड़े जाने का भय था।

फिर पतिव्रता नारी का
पति के अतिरिक्त किसी के
संग जाना उचित नहीं था
विपरीत काल हो चाहे।

मारुति साक्षी हैं इसके
मैं प्राणार्पण कर देती;
उनने ही धीर बँधाया
सौगन्ध तुम्हारी दे दी।

चाहते पवनसुत चिह्न
जिसे वे सप्रमाण दें प्रभु को
मैंने अपनी चूड़ामणि
दे दी निकाल हनुमत को।

लंका जब देखी जलती
मम आस-किरण कुछ चमकीं,
मेरे उजड़े उपवन में
नव-कलिकाएँ सी चटकीं।

विध्वंस किया उपवन का
किंकर को मार गिराया;
जब आए और निशाचर
ले परिघ हाथ, निपटाया।

सोने की उस नगरी में
कुल-देवों का इक स्थल था;
रक्षक जिसके अनगिन थे
पर्वताकार गुम्बद था।

उसको भी अपने बल से
भस्मावशेष कर डाला;
वध जम्बुमालि का करके
सुलगा दी पुर में ज्वाला।

कर उठे विलाप असुर-गण
यह वानर है या यम है!
फिरता है देव सरीखा
किस महाप्रलय से कम है!

पातिव्रत से ही मैंने
असुरों का कल्मष जीता;
त्रिजटा को किया प्रभावित
संकल्प हृदय ले श्री का!

बलशाली सेना संग ले
किष्किन्धापति कर आगे;
रावण से लोहा लेने
तुम शत्रुभूमि तक भागे।

बहुतेरी की तैयारी
उसने बहु जाल बिछाए;
क्या आते काम समर में
थे, सब दुर्नीति छुपाये!

ऐश्वर्य व्यर्थ होता है
रण और प्रेम के पथ में;
सत् और नीति ही केवल
वांछित धर्मों के अथ में।

तुमने अपनी मेधा से
सागर पर सेतु बनाया;
प्रकृति के उत्पातों को
सप्रयोजन कर दिखलाया।

शुक-सारण दूत बने थे
रावण के भेजे अनुचर;
उनको भी क्षमा किया था
तुमने उदार हो, रघुवर!

माया से रचा तुम्हारा
मस्तक औ धनुष कुटिल ने;
जीवित, मृतप्राय हुई मैं
समझाया तब सरमा ने।

थी तो वह अंग-रक्षिका
रावण की थी वह चेरी;
पर मुझसे स्नेह उसे था
तुम पर भी भक्ति घनेरी।

दुर्भाव-युक्त रावण की
माया का भेद खुला जब;
छँट गए शोक के बादल
आशा का कुसुम खिला तब।

समझाया सहृदयों ने तब
भय भी अनेक दिखलाए;
दशमुख का काल प्रबल था
माना वह नहीं, मनाए!

तुमने अंगद को भेजा
ले कर ललकार समर की;
फिर भी न दशानन चेता
प्रतिकार-ज्वाल ही चेती।

वानर निनाद अद्भुत था
अद्भुत था सैन्य-गठन भी।
अंगद मारुति ने बढ़
असुरों की दुर्गति कर दी।

संघर्ष चला फिर लम्बा
राक्षस भी बहुत विकट थे;
पर नीतिहीन थे वे सब
तुम जय के बहुत निकट थे।

हत हुए निशाचर के सब
सुत अनुज और सम्बन्धी;
निस्तेज हुए जो बाकी
थे आर्त्त सभी प्रतिद्वन्द्वी!

दशग्रीव सहन न सका कर
वह अस्त्र अमोघ, अजय था;
जाने कितनी बहुओं का
सौभाग्य हुआ जब क्षय था।

अभिषेक किया लक्ष्मण ने
धर्मात्म विभीषण का तब;
लंका का हित इसमें था
उसका भाग्योदय भी अब!

अग्नि-परीक्षा

हनुमान और लंका-पति
सन्देश तुम्हारा लाए;
मैं तुमसे मिलने आई
सोलह शृंगार सजाए।

मैं पहले ही चल देती
पैदल, उस मलिन दशा में;
पर आज्ञा तुमने दी थी
विधिवत् प्रवेश शिविका में।

फिर हुए कुपित क्यों स्वामी
अपमान किया क्यों बोलो?
क्यों बन बैठे अभिमानी
स्वीकार न करके, बोलो!

कैसे सन्देह बसाया
मन में तुमने नर-पुंगव!
मुझको समझा जो पतिता
था, नहीं कभी भी सम्भव!

क्या महाबली मारुति ने
तुमको था नहीं बताया;
मैंने शाश्वत पातिव्रत
लंका में कवच बनाया!

संशय के उस इक क्षण में
तुम साधारण बन बैठे;
सारी महानता त्यागी
जब परित्याग कर बैठे।

लक्ष्मण ने भरी सभा में
आयोजन किया चिता का,
निर्भीक प्रविष्ट हुई मैं
पूजन कर अग्नि-पिता का!

उस भीषण अग्नि-परीक्षा
से, निष्कलंक बच आई
मेरी उज्ज्वल पावनता
की शपथ सुरों ने खाई!

लोकापवाद का भय था
या निज की वह कमजोरी
जो विकट परीक्षा ले ली
उस मिलन-घड़ी में मेरी।

बीता वह विषम समय भी
अभिषेक दिवस आ पहुँचा;
प्रमुदित हो गए अवध-जन
हर्षातिरेक था ऊँचा!

तुमने अपने बल-विक्रम
से राज्यादर्श बनाया;
चहुँ ओर सुरक्षा थी अब
परिवर्तित नगरी-काया।

प्रकृति तक आह्लादित थी,
धन-धान्य पूर्ण सब घर थे;
रोगों का कष्ट नहीं था
निर्मल आचारी जन थे।

तुम कार्य-कुशल शासक थे
सुर-मनुज सभी के प्यारे;
वैभव पग-चुम्बन लेता
सुख के साधन थे सारे।

निर्वासन

ऐसी ही तृप्त अवस्था
में मुझको गर्भ रहा था;
मैं फूली नहीं समायी
मैंने कुल-गर्व रखा था।

उस दिन मैं बेहद खुश थी
तुम भी तो खुश थे रघुवर;
तुमने मेरी आकांक्षा
पूछी, मैं बोली हँसकर—

मेरी यह आकांक्षा थी
सुत मेरा बने मनस्वी;
इसलिए तपोवन जाने
की मैंने इच्छा की थी।

पर मैंने तो चाहा था
बस एक रात्रि का आश्रय;
तुमने मुझको दे डाला
असहाय, अनन्त, निराश्रय!

क्या मेरी एक परीक्षा
पर्याप्त नहीं लग पाई;
जो मेरी विवश अवस्था
में दारुण व्यथा मिलाई!

तुम लोकपाल, जन-रक्षक,
पर-हित के तुम ही प्रहरी;
मेरा कल्याण न सोचा
जन-निन्दा ही की सोची!

यह कैसी थी मर्यादा
कैसा यह भीषण निर्णय;
असमंजस किया न पल भर
जाना बस निन्दा का भय!

राजा का गुण जन-मत को
अनुकूल बनाना भी है;
अन्यथा लोक-पालक की
संज्ञा का अर्थ नहीं है।

कुछ यत्न किया तो होता
सोचा होता धीरज धर;
मैं भी थी प्रजा तुम्हारी
मैं शून्य नहीं थी रघुवर!

बाँटी जाती पत्नी से
हर एक चीज है आधी;
तुमने अपने निर्णय की
आशंका भी न प्रकट की।

भूले तुमको वे सारे
शुचि मन्त्र ब्याह-वेदी के;
समभागी थे हम दोनों
सुख के, दुख के, जीवन के!

सौमित्र, सुमन्त्र न बोले
जब चले मुझे ले रथ में;
वे मात्र वचन-पालक थे
क्या कहते मुझसे पथ में!

मग में कुछ हुए अपशकुन
अन्तर तक दहल उठा था;
मैंने लक्ष्मण से पूछा
वह फिर भी मौन रहा था।

विश्राम गोमती-तट पर
सबने आश्रम में पाया;
प्रातः चले फिर रथ पर
जल्दी गंगा तट आया।

देखती रही मैं अपलक
उज्ज्वल गंगा की धारा
मन अस्तव्यस्त हो आया
उत्साह गया कुछ मारा।

दक्षिण तट भी आ पहुँचा
सर्वत्र मौन था छाया
कुछ दूर चले फिर पैदल
विस्तार विजन का आया।

देवर की मुख-आकृति को
लेख हुई, तनिक शंकित मैं;
क्षण भर अवकाश न रक्खा
वे रक्षक थे, रक्षित मैं!

फिर अकस्मात् वे बोले
बोले क्या, रुदन किया यों,
"भाभी तुमको भैया ने
वनवास दिया फिर से क्यों?"

मैं हतप्रभ सी हो आई
शब्दों ने अर्थ न पकड़ा;
पर एक कठिन आशंका
ने आन हृदय को जकड़ा।

कातर होकर लक्ष्मण ने
तब सारी बात बताई;
जनपद की मुख-चर्चा ही
मुझको अरण्य तक लाई।

उस क्षण उपजा यह भी भय
मेरी गर्भावस्था का
आभास न था औरों को
तुमको यह तथ्य पता था।

ले कर भी अग्नि-परीक्षा
त्यागा जिस पुरुषोत्तम ने;
क्या उनसे आशा करती
स्वीकारेंगे सुत अपने?

इसलिए छोड़ सब लज्जा
लक्ष्मण से बोल उठी मैं,
"तुम भी यह देखो देवर
इस वक्त गर्भ से हूँ मैं।"

तब ग्लानि और लज्जा से
लक्ष्मण हो उठे कंटकित;
"जो योग्य नहीं है मेरे
सुनने को करें न बाधित!"

सच कहती हूँ मन में तब
भीषण आक्रोश उठा था;
अर्पित हो जाती जल को
ममता का मोह उठा था।

उस पल मेरे मानस में
तुतला कर कोई बोला;
"लेने दो जन्म मुझे माँ
कल्याण इसी में होगा।"

लक्ष्मण चल दिए उसी क्षण
राजाज्ञा का पालन कर;
मैं हुई अनाथ अकेली
मूर्छित हो गिरी धरा पर।

सुध आई जिस वेला में
सन्ध्या झुटपुट घिर आई;
मेरे नयनों से अविरल
बरसात न रुकने पाई।

जाने पिछले जन्मों में
क्या मैंने पाप किया था;
पति का वियोग पग पग पर
प्रारब्ध-स्वरूप मिला था!

तुम मर्यादा पुरुषोत्तम
तुमने तो दैव न माना;
तुमने तो नियति विजित की
पुरुषार्थ न छोटा जाना!

फिर कैसे जनपद-चर्चा
तुम पर हावी बन बैठी;
या अपने मन की शंका
दुखिया भावी बन बैठी!

तुमने मेरी शुचिता पर
फिर से सन्देह दिखाया,
जन-निन्दा के माध्यम से
अपना सवाल दोहराया।

मैं थी जानकी अयोनिज
तुम थे पुरुषों में उत्तम;
मैं वीर्य-शुल्किनी कन्या
तुम धीर-वीर, कुल-भूषण!

सामान्य नहीं थे हम-तुम
वंशावलि भी अनुपम थी;
फिर कैसे हुई विषमता
जो समता की सरगम थी!

उस निर्जन वन में प्रति पल
आँसू भर भर आते थे;
पत्ते भी दहल उठे थे,
खग काँप काँप जाते थे।

कुछ मुनि-बालक उस वन में
ईंधन-संग्रह को आए;
सुन नारी-क्रन्दन का स्वर
तत्क्षण गृह को मुड़ धाये।

जा वाल्मीकि से बोले,
"भगवन् उपचार करें कुछ;
इक दिव्य सती सी नारी
असहाय पड़ी पृथ्वी पर।"

तप से शोधित उस मुनि ने
सब दिव्य-दृष्टि से जाना;
मैं कौन, कहाँ से आई,
शरणागत मुझको माना।

आ स्वागत किया सुकवि ने
दे अर्घ्य, अभय दे डाला;
ले चले मुझे आश्रम में
थीं जहाँ तापसी बाला।

मुनिवर ने किया समर्थन
मेरे निष्पाप चरित का;
मुझको सौंपा गौरव से
संरक्षण दिया पिता सा।

संक्षिप्त ज्वार सह दुख का
तुम व्यस्त हुए शासन में;
नारी ही दुख पाती है
जीवन की इस रचना में।

शत्रुघ्न अचानक आए
मुनिश्रेष्ठ पिता के आश्रम;
मैं उस दिन नव-प्रसवा थी
शाश्वत रखा वंशःक्रम।

मैंने कुल-रत्न तुम्हारे
जाए निर्जन प्रान्तर में,
जो महलों के भागी थे
मचले मुनि के आश्रम में।

यह कैसा स्तब्ध प्रसव था
कैसा उत्सव आयोजन!
चहुँ ओर वन्य पशुओं का
चीत्कार बना था गायन।

मेरे समीप उस क्षण में
कोई भी बन्धु नहीं था;
इक तापस वृद्धा केवल
ढारस देती थी फीका!

जब पुत्र जन्म लेता है
सारा कुटुम्ब हँसता है;
लेती है सास बलैया
पति पिता रूप पाता है!

फिर ये तो राजकुँवर थे
रघु-कुल के गौरव-रक्षक;
सारा पुर हर्षित होता
लेकर गर्वोन्नत मस्तक।

बजती सब ओर बधाई
मुद्राएँ पाते ब्राह्मण;
मेवे, मिष्टान्न फलों के
संग्रह बँटते हर पल क्षण!

अन्तःपुर की सब सखियाँ
हर्षित हो हो कर गातीं;
नाचतीं अनवरत, थक कर
रुकतीं, फिर रत हो जातीं;

तुम बार-बार आने का
शिशु तक प्रयत्न करते जब;
आरक्त कपोल लिये मैं
बरजा करती तुमको तब!

सह पाते नहीं प्रतीक्षा
तुम व्याकुल से हो जाते;
माँ से कुछ कहने के मिस
तुम व्यस्त भाव से आते।

मैं जान तुम्हारा कौशल
मन ही मन गर्वित होती;
फिर देख देख शिशुओं को
मुसकाती, हर्षित होती!

कितना भारी अन्तर था
उसमें और इस स्थिति में!
था किसका दोष कि मुझको
डाला इस क्रूर नियति में?

रह रह कर शिशु रोते थे
वृद्धा से सँभल न पाते;
लख उन्हें गर्व करती मैं
लख निज को आँसू आते।

केवल कुटिया का दीपक
क्षण क्षण कम्पित होता था;
सावन की रात अँधेरी,
चन्द्रमा कहीं सोता था।

लव-कुश के रक्षा-साधन
मुनिवर ने कर आयोजन;
विधिवत् संस्कार किया सब
दोनों शिशुओं का मार्जन!

सुन मन्त्र मनस्वी-वाणी
रिपुदमन उदास हुए मन,
आज्ञा ली, दर्शन पाए,
फिर लौटे अपने मधुवन!

तब आस-किरण चमकी थी
शायद तुम सुनकर आओ;
मेरी खातिर न सही, निज
शिशुओं की खातिर आओ।

वंचना बनी वह आशा
तुमको अवकाश कहाँ था;
रघुकुल की कीर्ति-पताका
का भार तुम्हीं पर तो था।

बचपन से रहे अपरिचित
शिशु पितृ-स्नेह-छाया से;
वन-आश्रम में पलते थे
निर्मम विधि की माया से।

सब काम हाथ से करते
आश्रम का जल भरते थे;
प्रातः सन्ध्या, प्रतिदिन वे
गुरु-सेवा में रमते थे।

अल्पायु, शास्त्र पढ़ डाले
नाना पुराण सुन, समझे;
बहुधा लव-कुश ने पूछा
'हैं तात कहाँ हे माते!'

क्या कहती उन शिशुओं से
देने को क्या उत्तर था;
क्या यह कि राम तज बैठे
या यह, कि उन्हें संशय था!

दोनों अबोध बच्चों के
सम्मुख, मैं रो न सकी थी;
अतिरिक्त व्यस्त होने का
अभिनय केवल करती थी।

उनके विवेक के माध्यम
सम्भवतः सूक्ष्म रहे थे;
कुछ बार प्रकट जिज्ञासा
की, फिर वे मौन रहे थे।

स्नान-आदि से निवृत्त
वे गैरिक वस्त्र पहनते;
शिर सघन जटा से मंडित
उन पर न नयन ठहरते।

उस अल्प वसन-सज्जा में
वे तेजस्वी लगते थे;
मुनि वाल्मीकि आशीषों
से, नित्य उन्हें भरते थे!

उनमें था घोर पराक्रम
सौहार्द न लेकिन कम था;
सम पर था स्नेह, निबल पर
उपकार अपार अगम था।

मेरी ही कठिन तपस्या
का शायद यह प्रतिफल था;
धीरज का गुण भी उनमें
बल के समकक्ष प्रबल था।

बाल्यावस्था में ही वे
आश्रम की रक्षा करते;
आता जब कोई संकट
निर्भीक सामने रहते;

उनमें प्रतिबिम्ब तुम्हारा
लख कर ही मैं जीती थी;
बाकी सब तो पीड़ा थी
संसृति रीती रीती थी।

सरयू-तट की नगरी की
चर्चा तमसा-तट चल कर
आती थी कठिनाई से
रुक-रुककर, सँभल-सँभलकर।

इक बार सूचना आई
सर्वत्र सुकीर्ति तुम्हारी;
नैमिषारण्य में रक्खा
है अश्वमेध मख भारी।

उस पल सन्देह उठा था
शायद तुमने कालान्तर
में, अन्य विवाह किया हो
स्वाभाविक है विषयान्तर।

अर्धांगिनि से ही सम्भव
सब अनुष्ठान, सब उत्सव;
बिन उसके निष्प्रभ रहते
सब आयोजन, सब वैभव।

तुमको अभाव क्यों होगा
देवोपम कन्याओं का?
हो ककुत्स्थ-कुल-गौरव तुम
तुममें सौभाग्य सभी का!

कैसे सहतीं कौशल्या
वह मलिन स्वरूप तुम्हारा;
उनके आश्रय तो तुम थे
तुमसे जीवन था सारा।

पर पूजनीय मुनिवर ने
आ कर उस महा-यजन का
विवरण साकार बताया
कर गान तुम्हारे यश का।

वे बोले, "ऐसा संयम
नृप-कुल में सहज नहीं है;
तू बड़ी भाग्यशाली है
तेरा स्थान वही है।"

मेरी ही स्वर्णाकृति को
तुम वाम-पार्श्व में रखते;
यज्ञादि हुए सब ऐसे
सच, तुम अद्भुत, अनुपम थे।

मेरी सूखी रोमावलि
इक बार तरल हो आई;
जो ग्रन्थि रही पीड़ा की
वह ग्रन्थि सरल हो आई।

आलोड़न हुआ हृदय में
जब याद तुम्हारी आई
आँखों में विगत दिनों की
सुस्मृति, चित्रों सी छाई।

उस दिन न लगा मन पल भी
आश्रम की दिन-चर्या में;
जी उन्मन सा हो आया
चुपचाप बैठ सन्ध्या में।

यह भी सोचा यदि तुमको
प्रतिमा वांछित थी मेरी;
कैसे ठुकराया मुझको
छाया यथार्थ की चेरी!

मैं रक्त मांस की नारी
अपयश का भय मुझसे था;
यह जड़ सोने की आकृति
यश-आयोजन उससे था!

तब ही आ पहुँचे लव-कुश
'माँ माँ' कह ढूँढ रहे थे।
सुधि वर्तमान में लौटी
जब तारे डूब रहे थे।

मुनिवर को शीश झुकाया
पुत्रों को प्यार किया तब;
कुटिया को स्वच्छ बनाया
गउओं को नाज दिया अब।

आरम्भ हुआ दैनिक क्रम
सब कुछ ही ज्यों का त्यों था;
नियमित आचार-विचारों
में आज व्यतिक्रम क्यों था?

कुश-लव भी इस वेला तक
स्नान ध्यान से निवृत,
तरु के नीचे बैठे थे
कुछ अन्तरंग वार्ता-रत!

कुश बोला लघु भ्राता से
'उस महायज्ञ में हमने
अर्जित कर लिया बहुत यश
रामायण के गायन से।'

लव ने सहमति दिखलाई
सोचा कुछ क्षण, फिर बोला,
'श्री राम श्रवण करते थे
नित वाल्मीकि-श्लोकों का।

कुछ लोगों का कहना था
हम दोनों भाई के मुख
रघुकुलपति से मिलते हैं;
क्या तुम्हें लगा ऐसा कुछ?'

'मैं रामायण-गायन में
इतना तन्मय होता था
मुझको न पता चल पाया
क्या क्या चर्चा होता था।'

यों भी कुश बड़ा मनस्वी
था चिन्तन और मनन में;
संसृति विषयक पृच्छाएँ
मँडरातीं उसके मन में।

रामायण-गायन करते
बस एक तथ्य देखा था;
कुश ने रघुनन्दन जी को
कुछ खिन्न-वदन देखा था।

गाथा सुनते सुनते वे
उद्विग्न-भाव ले आते;
शशि-मुख-मंडल पर उनके
गहरे बादल छा जाते।

कुश ने यह भी पाया था
रघुकुलपति की वार्ता में
माँ सुनती हैं रुक इक पल
घिर जातीं घोर व्यथा में;

मर्यादा पुरुषोत्तम का
पावन प्रसंग आता जब,
माँ के कोमल चेहरे पर
सुख, दुख में मिल जाता तब।

ये सारी जिज्ञासाएँ
कुश अपने तक ही रखता;
उत्कंठा न्यून नहीं थी
पर संयम का उपक्रम करता।

मुनिश्रेष्ठ तभी आ पहुँचे
उस नन्ही पर्णकुटी में
मैं चकित हुई, फिर खुश हो
झुक गई उन्हीं चरणों में।

लव-कुश भी दौड़े आए
कर नमन, विनीत हुए वे;
मुनिवर ने किंचित् हँस कर
आशीष दिया, बैठे वे।

बोले मेरे पुत्रों से
'तुम जिनको ढूँढ रहे थे
पिछले बारह वर्षों से,
वे तुमको पूछ रहे थे।'

'हैं कौन, कहाँ वे, बोलें
मुनि-पूज्य, न देर लगाएँ;
हम द्रुतगामी गति भर कर
उनके दर्शन कर आएँ।'

लव उत्तेजित हो आया
मुख लाल हो गया उसका
मुनिवर ने तब समझाया
दे प्रवचन तब संयम का।

उनके भी लिए यही था
अतिरिक्त कठोर कठिन क्षण
कहने को प्रस्तुत होते
रुक जाते फिर अस्थिर मन!

फिर स्नेह-सिक्त वाणी में
लव-कुश से वे यों बोले
'श्रीराम धर्मपारायण
हैं पिता तुम्हारे, भोले!'

आरक्त हो उठी मैं तो
कानों तक, सुन यह स्वीकृति
सोचा होगा लव-कुश ने
'माँ हैं या माँ की प्रतिकृति!'

उद्विग्न भाव ले मुख पर
सीधे वे मुझ तक आए,
कुछ प्रश्न उठे ओठों में
लख मुझे, मौन रह पाए।

मेरी तापस भूपा में
दुख का इतिहास लिखा था,
मुनिश्रेष्ठ जानते थे सब
उनसे कुछ भी न छिपा था।

फिर क्रुद्ध हुआ लव भीषण
'क्या यह अन्याय नहीं है?
माँ मेरी वन में रहती
वे बैठे महलों में हैं?'

मुनि ने आदेश दिया—'लव
जाओ, स्वाध्याय करो अब;
कुश तुम भी जाओ संग में
मिल, वेदाभ्यास करो सब।'

पृथ्वी-प्रवेश

फिर उन्मुख हो तेजस्वी
बोले मुझसे, "सुन सीते
तुझको क्षत्रिय-कुल-गौरव
श्रीराम वरेंगे फिर से।

उनका कहना है सीते
इक बार पुनः तू लेवे
वह शपथ कि जिससे तेरी
शुद्धता प्रमाणित होवे।

रामायण-गान. श्रवण से
उनको यह ज्ञात हुआ है
लव-कुश उनके ही सुत हैं
वे उनके पूज्य पिता हैं।"

"विस्तृत विचार चिन्तन से
ही यह निष्कर्ष मिला है
उनका कलंक मिट जाए
यदि पतिव्रता सीता है।

भेजे थे दूत उन्होंने
वे अभी गए हैं मिलकर;
मैंने सहमति दे दी है
तुझको लाने की तत्पर।

सारे जनपद, गुरुजन को
आमन्त्रित आज किया है;
वे भी आश्वासन पा लें
अकलंक, पवित्र सिया है।"

हर शब्द पिता-सम मुनि का
घन-सा प्रहार करता था;
युग-युग झेली जो पीड़ा
उसका यह चरम-शिखर था।

नारी को क्या जीवन-भर
यों ही पीड़ित होना है!
शंका से ऊपर नर है
नारी को ही रोना है!

क्या मेरी अग्नि परीक्षा
की पुनरावृत्ति चलेगी;
जब जब स्वामी चाहेंगे
पत्नी अपनी बलि देगी;

अपवित्र सिर्फ नारी ही
होती है क्या जीवन में
क्या पुरुष पान कर आता
पावनता का घुट्टी में!

नारी ही शोधित होती
आई है युगों युगों से
क्या निष्कलंक रहता नर
चाहे गुजरे खतरों से?

इतने वर्षों संग रह कर
भी, क्या न राम पहचाने
मेरा चरित्र कैसा है
या मेरा तन ही जाने!

क्या उनका अपने जनपद
पर यह अधिकार नहीं है
वे अपनी प्रज्ञा द्वारा
कर दें जो सिद्ध, सही है!

या बार बार उनका ही
मन विचलित हो जाता है
स्मृति की भूल-भुलैयाँ
से निकल नहीं पाता है!

अब और परीक्षा देनी
मुझको स्वीकार नहीं है
जो अल्प आयु बाकी है
आश्रम में ही कटनी है।

अपने सबसे स्वर्णिम दिन
मैंने अरण्य में काटे
यौवन के समारम्भ से
जाने काँटे ही काँटे।

ये मेरे दो दो बेटे
दोनों मेरी लाठी हैं;
अब नहीं चाहती वैभव,
जो मिला, वही काफी है।

जब किया मुझे निर्वासित
यह तक न बताया मुझको
यह भ्रमण नहीं, अर्धांगिनि
त्यागा जाता है तुमको!

केवल परोक्ष प्रतिवेदन
को सत्य मान रघुवर ने
कर दिया त्याग तत्क्षण ही
बिन जाँच किए प्रियवर ने!

पिछले बारह वर्षों से
मेरा प्रतिपल आश्रम में
अनवरत परीक्षा-क्रम था
साक्षी हैं वे मुनि-बहनें।

उस यज्ञ-भूमि में जा कर
मैं और परीक्षा दूँगी;
तब भी क्या मिल जाएगा
जिस पर गौरव कर लूँगी!

सन्तप्त हो गए मुनिवर
प्रतिक्रिया जान कर मेरी
बोले उदास वाणी में
"कर, इच्छा हो, जो तेरी!"

पत्नी की गति है पति से
पति से ही गौरव उसका
जो अवसर तुझे मिला है
वह भाग्योदय बिरलों का

जो किया राम ने वह सब
अपने हित हेतु नहीं था
जनपद से इतर कभी सुख
उनको अनुकूल नहीं था।

तुझको देकर निर्वासन
रघुवर ने सिद्ध किया यह
राजा का और प्रजा का
सम्बन्ध अटूट, अमर है।

लोकापवाद का भय तज
तुझको वे रख भी लेते
तो तेरी मान-प्रतिष्ठा
की रक्षा क्या कर लेते?

निज सुख सर्वोच्च नहीं है,
कर्तव्य, प्रेम से ऊपर
तू स्वयं महा-विदुषी है
क्या समझाते फिर रघुवर!

अब भी यह शपथ-ग्रहण का
आग्रह केवल इस कारण
सन्तुष्ट प्रजा हो जावे
लख तेरा उज्ज्वल दर्पण।

'मैं वचन बद्ध हूँ सीते
प्रातः उठ चल देना है
श्री राम तुम्हारे पति हैं
आज्ञा-पालन करना है।''

यह कहते कहते मुनिवर
बाहर निकले कुटिया से
मैं बैठी ही रह आई
जड़, संज्ञाशून्य अभी से।

वह रात बड़ी लम्बी थी
निर्णय भी बड़ा कठिन था
इस ओर अहम् था मेरा
उस ओर प्रश्न जनपद का।

यों तो सारी घड़ियाँ ही
काटीं आँखों आँखों में;
जब लगी आँख, मैं जागी
लख स्वामी को सपने में।

उनके आनन पर वैसा
ही कोमल भाव छपा था
जैसा तब था जब बचपन
में स्नेह-सूत्र पनपा था।

कुछ क्षण का ही वह सुख था
तन्द्रा टूटी, वे लौटे;
वह ही तिनकों की कुटिया
वे ही तृण-द्वार, बरोठे।

खग, मृग कर उठे उपक्रम
अपनी दैनिक ध्वनि गति का
दिन उगता शीघ्र विजन में
उतनी जल्दी दिन ढलता।

निर्णय से पूर्व घड़ी वह
चलने की आई जल्दी;
मुनिश्रेष्ठ पुकार रहे थे
मैं अवश भाव से चल दी।

आश्रम की मेरी सखियाँ
तब पौधे सींच रही थीं
मन आर्द्र हुआ उनको लख
पृथ्वी पग खींच रही थी।

मेरे परिचित मृग-शावक
हत प्रभ से देख रहे थे,
जा कहाँ रही है सीता
आँखों में भेंट रहे थे।

वह यज्ञ-भूमि आ पहुँची
उमड़ा था ज्वार प्रजा का
योगी, ज्ञानी औ कर्मठ
लोगों का पार नहीं था।

इक ओर सभी ऋषि बैठे;
जाबालि, वसिष्ठ, कात्यायन,
दुर्वासा, भार्गव, वामन,
काश्यप, मोद्गल्य, शतानन्द।

सब प्रस्तर से बैठे थे
कोई न चपल-चंचल था
पर मेरी लज्जावस्था
का भान न मुझको कम था।

यह ऋषिवर का ही आग्रह
मैंने स्वीकार किया था
उससे क्या आशा, जिसने
जीते जी मार दिया था!

मुनि वाल्मीकि ने बढ़ कर
घोषित कर दिया प्रभा में
'सीता पवित्र है लेकिन
लेगी वह शपथ सभा में।

'लोकापवाद के भय से
इसको रघुवर ने त्यागा
ये है अकलंक, तथापि
सौभाग्य न इसका जागा।

'यह एक परीक्षा पहले
भी, दे, उत्तीर्ण हुई है;
अब फिर शंका-उन्मूलन
करने अवतीर्ण हुई है।

'इसकी शुचिता में मैंने
कोई भी दोष न देखा
मेरी पालित पुत्री यह
जाने क्या इसका लेखा!

'असहाय, अकेली, कातर,
मुझको यह प्राप्त हुई थी,
झरने के पास पड़ी थी,
रो, आँखें सूज गई थीं।

'सब सोच-समझ कर मैंने
इसको आश्रय दे डाला
इसने अपने तप-श्रम से
वन को उपवन कर डाला।'

रघुनाथ हुए अब प्रस्तुत
बोले विशाल जनपद से
'सीता की पावनता पर
मेरा विश्वास शुरू से।

'लेकिन जब तक अनुमोदन
मेरी जनता न करेगी
शुचि हो कर भी यह सीता
निर्वासित ही भटकेगी।'

अब शपथ-ग्रहण करने की
मेरी भी बारी आई
मुख और दृष्टि नीची कर
मैं बोल उठी 'रघुराई

'मैं नहीं जानती कोई
मन, वचन, कर्म, चिन्तन से,
तुमको ही जाना मैंने
बालापन के आगम से।

'मेरा मन मणि सा उज्ज्वल
तन मेरा कलुष-रहित है।
मेरे चेतन, अवचेतन
में रामनाम अंकित है।

'यदि मैं सच बोल रही हूँ
तो हे धरती माँ फट कर
मुझको आश्रय दे दो तुम
विश्राम मिले अब चल कर।'

धरती भी तो नारी थी
फिर माँ भी थी वह मेरी;
दो टूक हुई यह सुन कर
गाथा पीड़ा की मेरी।

सच कहूँ बड़ा शीतल था
पृथ्वी माँ का आलिंगन;
सारे दुख भूल गई मैं
पाकर मैके का आँगन!

हर नारी को प्रिय होता
माँ का गृह, द्वार, झरोखा;
मेरी वह क्रूर नियति थी
जिसने अब तक था रोका।

पतिगृह से सीधी पहुँची
अनजाने वन-प्रान्तर में;
संक्षिप्त स्वाद ले सुख का
वापस फिर निर्वासन में।

वर्षों था कष्ट उठाया
वर्षों प्रताड़ना भोगी
सहते हैं जो इतना दुख
होते होंगे वे योगी।

अब मेरी सहन शक्ति का
अन्तिम क्षण आ पहुँचा था;
निर्वासित पहले ही थी
अब ग्लानि-भाव भी ऊँचा।

उस भरी सभा में फिर से
क्या होती पुनः परीक्षित?
क्या करती रानी बन कर
जब रही युगों तक पीड़ित?

कुछ प्रश्न मेरे मानस में
भी, रह रह कर उठते थे
उत्तर की अनुपस्थिति में
दाबे न कहीं दबते थे।

ये तुमसे थे सम्बोधित
तुम ही इनका कारण थे
कैसे पाती मैं उत्तर
सर्वत्र घिरे चारण थे।

वह दीर्घ, अनिश्चित समय
तुम्हें क्यों उजला छोड़ गया था
मैं ही ऐसा दर्पण थी
जिसको वह तोड़ गया था?

क्या तुमने पुत्रों के प्रति
अपना कर्तव्य निभाया
या सिर्फ प्रजापालन में
था निज का ध्यान लगाया?

क्या मर्यादा पुरुषोत्तम
पति, पिता नहीं होते हैं?
करते हैं हित जनपद का
अपने प्रियजन खोते हैं?

यदि यह है धर्म वृहत्तर
अपने कुटुम्ब से ऊपर?
तो पालन करो इसी का
जाती हूँ मैं अब रघुवर!

माँ के गृह में कम से कम
यह आश्वासन तो होगा
सम्मानित, रह पाऊँगी
संशय का दंश न होगा।

मैं जन्मी थी पृथ्वी से
पृथ्वी में जाती हूँ अब
लो हुई काल-गति पूरी
लव-कुश का भार गहो अब!

आकलन

कविता का जन्म मनुष्य के भीतर निहित असुरक्षा की भावना से हुआ। इसलिए आदिम कविता ज्यादातर प्रार्थनाओं के रूप में मनुष्य के भीतर से प्रस्फुटित हुई। आदिकालीन भारतीय साहित्य में ऋग्वेद की प्रार्थनाएँ प्रसिद्ध हैं। यही बात संसार के दूसरे साहित्य के बारे में भी सच है। इसका अर्थ यह है कि काव्य का सम्बन्ध मनुष्य की हित-चिन्ता से जुड़ा हुआ है। सभ्यता के प्रारम्भिक युग में जब प्रकृति के रहस्य मनुष्य के लिए अज्ञात थे और वह अधिकांश में अपने जीवित रहने के लिए प्रकृति की कृपा पर निर्भर था, तब उसने प्रकृति के अनेक उपादानों की प्रार्थना प्रारम्भ की। अग्नि, सूर्य और जल की प्रार्थनाएँ मनुष्य की आदिम प्रार्थनाओं में से हैं। इन्हीं प्राकृतिक उपादानों की जीवित कल्पना के भीतर से देवताओं का उदय हुआ। आगे चलकर मनुष्य-जाति की सुरक्षा, हित-चिन्ता में सहयोग देनेवाले साहसिक, ऐतिहासिक महापुरुषों को भी हमने इन्हीं देवताओं की कोटि में रख दिया और उनके गुणगान किए। यहीं से कविता में चरित-काव्यों का उदय हुआ। अर्थात् प्रारम्भ से ही कविता के दो विभाग हो गए--(1) प्रार्थना के रूप में गाया गया फुटकर काव्य और (2) महापुरुषों के चरित्र-बखान का काव्य।

काव्य के भेद

प्राचीन काव्यशास्त्र के आचार्यों ने काव्य के दो प्रमुख भेद किए हैं--(1) प्रबन्ध-काव्य और (2) मुक्तक-काव्य। प्रबन्ध का अर्थ होता है, 'विशेष रूप से बँधा हुआ।' 'प्रबन्ध-काव्य' मूल रूप में उसे कहते हैं, 'जिसमें किसी महापुरुष के उदात्त जीवन-चरित को आधार बनाकर सुनियोजित ढंग से उद्घाटन करते हुए उसमें से ऐसे आदर्शों को सामने लाया जाय जिससे मनुष्य-जाति का सार्वभौमिक कल्याण हो।' इसी मूलाधार को मानते हुए साहित्य-शास्त्र के विद्वानों ने प्रबन्ध-काव्यों के विभिन्न विस्तृत नियमों का निरूपण किया। इसी तरह मुक्तक-काव्य उसे कहा गया जिससे कवि की निजी भावनाओं का उद्घाटन हो, उसमें किसी महापुरुष के जीवन-चरित का आधार न लिया गया हो।

महाकाव्य और खंडकाव्य

आगे चलकर रचना और अध्ययन की सुविधा के लिए 'प्रबन्ध-काव्य' के फिर दो भेद किए गए—

(1) महाकाव्य, (2) खंडकाव्य

यह भेद प्रबन्ध-काव्य के आकार के विस्तार और संकोच (उसकी संक्षिप्तता) को मुख्य रूप से दृष्टि में रखकर किया गया। अर्थात् महाकाव्य और खंडकाव्य दोनों में ही किसी महापुरुष (अथवा स्त्री) के चरित्र का आधार अवश्य रहता है। दोनों वर्णन-प्रधान भी होते हैं। किन्तु जहाँ महाकाव्य में जीवन का विस्तार से चित्रण होता है वहाँ खंडकाव्य में उसके चरित-नायक के जीवन की किसी एक संवेदनशील घटना या अनुभव पर कवि अपनी दृष्टि केन्द्रित कर देता है। आकार की इसी विशालता और लघुता को ध्यान में रखकर ये दोनों भेद किए गए। आकार की इसी विशालता के कारण हमारे साहित्य-शास्त्र में महाकाव्य के इन नियमों की चर्चा की गई—

(1) महाकाव्य सर्गों में बँधा हुआ होता है और कम से कम आठ सर्ग आवश्यक हैं। हर सर्ग में अलग-अलग छन्दों का प्रयोग होना चाहिए।

(2) इसका नायक देवता या उदात्त वंश का धीरोदात्त गुणों से सम्पन्न पुरुष होना चाहिए।

(3) इसमें वीर, शृंगार और शान्त रसों में से कोई एक रस प्रधान होना चाहिए और शेष रसों का चित्रण भी अवश्य कहीं न कहीं आना चाहिए।

(4) इसका वृत्तान्त इतिहास-पुराण में प्रसिद्ध होना चाहिए।

(5) महाकाव्य के प्रारम्भ में मंगलाचरण (कल्याणकारी प्रार्थना) और विषय की सूचना होनी चाहिए।

(6) इसमें प्रकृति और मानव-जीवन का विस्तृत और विश्वसनीय चित्रण होना चाहिए।

(7) महाकाव्य रचना का कोई न कोई महत् उद्देश्य होना जरूरी है।

खंडकाव्य

खंडकाव्य में जीवन की विशालता के स्तर पर समायोजना न करके उसके किसी विशेष किन्तु महत्त्वपूर्ण अंश पर ही कवि अपना सारा ध्यान केन्द्रित करता है। महाकाव्य की तरह न तो अनेक चरित्रों की टकराहट ही खंडकाव्य में होती है और न उद्देश्य की अनेकमुखता ही। बल्कि उसकी जगह उसमें एक ही चरित्र के जीवन की किसी विशेष महत्त्वपूर्ण घटना या अनुभव को लक्ष्य बनाकर उसके माध्यम से एक विशिष्ट निष्कर्ष तक कवि पहुँचता है। इसका अर्थ यह हुआ कि खंडकाव्य में उद्देश्य की एकमुखता रहती है। इसका अर्थ यह भी हुआ कि एक ही चरित्र

को आधार बनाकर महाकाव्य और खंडकाव्य दोनों ही लिखे जा सकते हैं। शर्त यह होगी कि जहाँ महाकाव्य में उस चरित्र का सम्पूर्ण विशाल और उद्देश्यपूर्ण जीवन चित्रित होगा वहीं खंडकाव्य में सिर्फ उसके जीवन का खंड—उसके अनुभव का एक गहरा अंश।

विषय-वस्तु का विवेचन आर चरित्र-चित्रण

सीता

प्रस्तुत खंडकाव्य सीता के चरित्र को आधार बनाकर लिखा गया है। सीता का चरित्र पूरी राम-कथा में कई तरह के सवाल उठाता है। उन्हीं सवालों को कथा से जोड़कर देखा गया है। इसीलिए सीता की पूरी कथा को नया अर्थ मिल गया है। तुलसीदास राम की कथा को सीता के निर्वासन की कथा तक नहीं ले जाते। वे उसे राज्याभिषेक तक ही छोड़ देते हैं। लेकिन राम-कथा की परम्परा में सीता के निर्वासन की कथा कई स्थानों पर आई है। भवभूति ने तो इसे 'उत्तररामचरित' कहा ही है। अर्थात् राम के चरित्र का पूर्वार्द्ध यदि उनका वन-गमन और लंका-विजय है तो उनके जीवन के उत्तरार्द्ध की मुख्य घटना सीता का निर्वासन है। राम इससे पीड़ित भी दिखाई देते हैं लेकिन सम्भवतः उनके पास कोई भी दूसरा रास्ता नहीं है। राम कहीं से भी मर्यादा नहीं तोड़ना चाहते। मर्यादा का अर्थ होता है—जीवन और समाज के बारे में निर्धारित नैतिक नियम। इन्हीं नैतिक नियमों की रक्षा राम जीवन भर करते रहे हैं। इसी के लिए उन्होंने पिता को खोया, बालि का वध किया और विभीषण को लंका का राजा बनाया। नैतिक नियमों को ही दृष्टि में रखकर उन्होंने सीता की अग्नि-परीक्षा ली। सम्भवतः यह राम के निजी शंका-निवारण के लिए किया गया आयोजन नहीं था। मर्यादा पुरुषोत्तम राम अपनी प्रजा, अपनी जनता और अपने राजमहल के सम्बन्धियों के सामने यह प्रमाणित करना चाहते थे कि सीता निष्कलंक है। लेकिन सवाल यह उठता है कि क्या इस सार्वजनिक अग्नि-परीक्षा के बाद किसी भी नगण्य व्यक्ति द्वारा सीता के चरित्र की ओर उँगली उठा देने से वे कलंकिनी साबित हो जाती हैं? और क्या सिर्फ इस मामूली-से प्रवाद के लिए उनका निर्वासन और त्याग उचित है? यह प्रश्न हमें कई निष्कर्षों और निर्णयों तक पहुँचाता है और फिर कुछ सवालों की ओर ले जाता है। क्या शासक के चरित्र को निष्कलंक साबित करने के लिए सर्वमत-संग्रह जरूरी है? यह कहा जा सकता है कि राम इसे जरूरी मानते हैं और जब तक राज्य का एक नगण्य व्यक्ति भी उनके व्यक्तिगत जीवन के बारे में उँगली उठाता रहे तब तक उसका उत्तर देना और उसकी शंका को दूर करना उनका कर्तव्य है। शासक की इसी उच्च नैतिकता के प्रतीक राम हैं और इसीलिए उनका

'राम-राज्य' आज एक आदर्श राज्य-प्रणाली का प्रतीक बन गया है। लेकिन इस पूरे तर्क-वितर्क और इस पूरी कथा-प्रणाली में सीता की ओर से भी एक तर्क, एक सवाल उपस्थित हो सकता है। उसी तर्क और उसी सवाल को आधार बनाकर प्रस्तुत खंडकाव्य की रचना हुई है।

सीता की ओर से प्रश्न यह है कि इस पूरी नैतिकता में स्त्री की ओर से कहीं भी नहीं सोचा गया है। क्या अग्नि-परीक्षाएँ सिर्फ स्त्री की ही होनी चाहिए। क्या पुरुष सनातन रूप से पवित्र है? प्रस्तुत खंडकाव्य में कवि ने आज के समाज में नारी के दृष्टिकोण से यह प्रश्न उठाया है। और तभी यह सम्भव हो सकता है कि स्त्री की ओर से पुरुष के साथ उसकी बराबरी के सवाल उठाए जाएँ और उन्हें हल किया जाए। प्राचीन काल में जहाँ स्त्री एक दासी के रूप में अपने को समझकर अधिक गर्वित होती थी—पुरुष-समाज के लिए यह बिलकुल स्वाभाविक था कि वह जितनी बार चाहे उसकी अग्नि-परीक्षा ले। लेकिन सीता का चरित्र इस दासता के खिलाफ खड़ा होता है। स्त्री के भी आत्म-सम्मान की रक्षा होनी चाहिए। वह पुरुष की अनुगामिनी, प्रेमिका, पत्नी और उसके बच्चों की माँ जरूर है लेकिन इसीलिए उसके साथ गुलामों जैसा व्यवहार नहीं किया जाना चाहिए। सीता का अन्ततः धरती में तिरोहित हो जाना (अपने मायके चले जाना) उसके इसी विद्रोही स्वभाव का प्रमाण उपस्थित करता है।

प्रस्तुत खंडकाव्य स्मरण शैली में रचा गया है। इससे घटनाओं के निराकरण में मदद मिली है। खंडकाव्य में किसी भी व्यक्ति के जीवन-चरित को पूरी तरह उठाना सम्भव नहीं होता। उसके किसी एक संवेदनात्मक अंश या घटना या परिस्थिति को केन्द्र में रखकर ही कवि अपने उद्देश्य तक पहुँचता है। इस खंडकाव्य में मुख्य घटना सीता का पृथ्वी-प्रवेश है। कवयित्री सीता के इस निर्णय की जाँच-परख नैतिकता की कसौटी पर करती है। इसके लिए उसने सीता के जीवन के उन मार्मिक प्रसंगों को चुना है जो उनके पृथ्वी-प्रवेश के विद्रोह-निर्णय को सार्थक बनाते हैं। इन मार्मिक प्रसंगों में स्वयंवर में धनुष उठाते राम के प्रथम-दर्शन, विवाह, जनकपुर से अयोध्या-आगमन, फिर पति के साथ वन-गमन आदि से खंडकाव्य शुरू होता है। स्मरण शैली की वजह से घटनाओं की स्थूलता का निराकरण अपने आप हो गया है और उनमें एक संवेदनात्मक गरिमा आ गई है। धनुष-भंग का प्रसंग सीता के जीवन का सबसे मार्मिक प्रसंग है जहाँ वे शान्त और संयत राम के शौर्य का प्रथम दर्शन करती हैं। इसलिए कवयित्री ने कविता की शुरुआत इसी प्रसंग से की है। धनुष-भंग का प्रसंग राम के प्रति सीता की गहरी स्नेह-अनुरक्ति का प्रतीक है—

लज्जा से नत आँखें थीं
देखा मैंने कोरों से।

था कितना भिन्न तुम्हारा
व्यक्तित्व वहाँ औरों से।

प्रेम और गहरी अनुरक्ति का यह प्रसंग राम की अद्वितीयता से जुड़ा हुआ है। यह सीता जानती हैं और कवयित्री राम की अद्वितीयता के संकेत से कथा शुरू करती है। राम अपने सौन्दर्य, शौर्य, अपने कर्मों और निर्णयों में अद्वितीय हैं इसीलिए स्त्री के प्रति भी (अपनी पत्नी के प्रति) उनका निर्णय अद्वितीय होना चाहिए। अर्थात् राम के लिए यह आवश्यक नहीं था कि वे सीता के प्रति अपने व्यवहार में परम्परानुमोदन ही करते। लेकिन स्त्री के सन्दर्भ में राम की यह अद्वितीयता (जो सीता ने स्वयंवर के समय बड़े गहरे रूप में महसूस की थी) खंडित हो जाती है और वे मनु के उस श्लोक का अनुमोदन करते से दिखाई देते हैं जिसमें कहा गया है कि 'स्त्रियों का कभी भी विश्वास नहीं करना चाहिए।' इसलिए सीता का धरती-प्रवेश स्त्री के प्रति किए एकतरफा निर्णय के खिलाफ इस काव्य में एक विद्रोह के रूप में सार्थक ढंग से प्रतिफलित होता है और जो सम्भवतः इस रचना का उद्देश्य भी है।

राम की इस अद्वितीयता के प्रसंग का चुनाव पूरे खंडकाव्य में संकेतात्मक ढंग से किया गया है। और इस अद्वितीयता में भी उन्हीं प्रसंगों को उठाया गया है जिनका सम्बन्ध सीता के जीवन से जुड़ता है। धनुष-भंग से शुरू करके विवाह, फिर अयोध्या-गमन के प्रसंग इसीलिए कथा को आगे बढ़ाने के लिए रखे गए हैं। उनमें कवि जगह-जगह राम की इस अद्वितीयता को ही सीता के मुख से संकेतित करता चलता है। भृगुनन्दन के गौरव की समाप्ति, पथ-विघ्नों के बीच राम का सुदृढ़ प्राचीर बनना, जैसे प्रसंग इसीलिए महत्त्वपूर्ण हो उठे हैं। सीता बार-बार इसीलिए राम के प्रति अपनी अनुरक्ति, अपनी वफादारी, अपनी अनुगामिता की चर्चा सर्वत्र करती चलती है। क्योंकि उन्हें राम की अद्वितीयता पर पूरा भरोसा है, इसीलिए सीता राम के प्रति अपनी इस स्नेहानुरक्ति को ईश्वरत्व (रोम-रोम में 'राम-राम') की सीमा तक ले जाती हैं। जिससे सीता का अन्तिम निर्णय उनकी इस गहरी अनुरक्ति के विरोध में और भी गहरा हो उठता है।

प्रस्तुत खंडकाव्य की पूरी रचना में मुख्यतः पाँच प्रसंग चुनकर लिए गए हैं— (1) विवाह, (2) अपहरण, (3) अग्नि-परीक्षा, (4) निर्वासन और (5) पृथ्वी-प्रवेश। विवाह के प्रसंग में सीता ने अपनी स्नेहानुरक्ति का संकेत दिया है, अपने पातिव्रत्य का पूर्ण संकेत दिया है। वह अपहरण की अवस्था में दृढ़तर हो उठता है। दरअसल अपहरण का प्रसंग सीता की पवित्रता और राम के सन्देह—दोनों का निकष है। जहाँ एक ओर सीता की पवित्रता की परीक्षा होती है, वहीं पर उसी के भीतर से उसके अपमान का भी प्रारम्भ होता है। इसीलिए विवाह-प्रसंग के बाद अपहरण का प्रसंग पूरे विषय को आगे बढ़ाने के लिए उपयुक्त चुनाव है। अशोक-वाटिका में पहुँचकर

सीता की पातिव्रत्य-परीक्षा शुरू होती है। इसीलिए कवि ने सीता की स्मृति में उन्हीं भावनाओं को रेखांकित किया है जो इस परीक्षा की दृष्टि से महत्त्वपूर्ण हैं। इस सन्दर्भ में दो मुख्य प्रसंग कवि ने महत्त्वपूर्ण समझे हैं। पहला प्रसंग है अशोकवाटिका में रावण द्वारा किए जानेवाले छल-प्रपंच तथा दिए गए लालच। इन सारे लालचों और छल-छद्मों की कसौटी पर सीता का चरित्र खरा उतरता है। यहीं पर सीता राम के प्रति अपने भाव को 'ईश्वरत्व' तक पहुँचा देती हैं जिससे वे रावण के प्रपंचों का सामना कर सकें। ये लालच कई रूपों में सीता के आगे फेंके जाते हैं—कभी राक्षसियाँ रावण द्वारा भेजे गए प्रलोभनों के साथ आती हैं; कभी रावण स्वयं अशोक-वाटिका में आकर साम, दाम, दंड, भेद से सीता की राम के प्रति अटल भक्ति को खंडित करना चाहता है। अपने इन प्रयत्नों में असफल होकर वह माया के द्वारा राम का मस्तक और धनुष रचकर अन्तिम रूप से सीता को मनोवैज्ञानिक हताशा के गर्त में डालकर उन्हें तोड़ना चाहता है और आत्मसमर्पण के लिए विवश करने का प्रयत्न करता है। लेकिन सीता के दृढ़ पातिव्रत्य से धीरे-धीरे राक्षस-नारियाँ भी पिघल जाती हैं और रावण के षड्यन्त्र का पर्दाफाश करती हैं। इस प्रकार, अन्ततः सीता रावण के प्रलोभनों और उसकी धमकियों से अपनी रक्षा अकेले ही कर ले जाने में सफल होती हैं। इसी का निष्कर्ष सीता इन शब्दों में देती है—

पातिव्रत से ही मैंने
असुरों का कल्मष जीता।

इस सन्दर्भ में दूसरा प्रसंग है हनुमान का उसे वापस ले चलने का प्रस्ताव। सीता इस प्रस्ताव का लाभ उठा सकती थीं और रावण के सारे खेल को पल भर में मटियामेट कर सकती थीं। पहले उन्हें हनुमान के इस प्रस्ताव पर विश्वास नहीं होता। इस पर हनुमान अपना विराट रूप दिखलाते हैं। इसके बाद सीता उनके प्रस्ताव को स्वीकार कर सकती थीं। क्योंकि हनुमान राम के परमप्रिय भक्त और अनुगामी थे। वे राम के सबसे अधिक विश्वासपात्र भी थे। सीता का पता लगाने का विकट कार्य उन्होंने और किसी को नहीं, हनुमान को ही सौंपा था। पहचान के निमित्त अपनी मुद्रिका भी उन्हें दी थी। ऐसी स्थिति में परम स्वाभिभक्त हनुमान द्वारा अपने शौर्य और बाहुबल पर भरोसा करके सीता को वहाँ से वापस अपने प्रभु राम तक फिर पहुँचाने का प्रस्ताव हनुमान के व्यक्तित्व और निर्णय के अनुरूप ही था। लेकिन बहुत सोच-विचार कर सीता हनुमान के इस प्रस्ताव को अस्वीकार कर देती हैं। इस सम्बन्ध में भी उनका मुख्य तर्क राम के प्रति उनकी पतिभक्ति ही है—

फिर पतिव्रता नारी का,
पति के अतिरिक्त किसी के,

संग जाना उचित नहीं था,
विपरीत काल हो चाहे।

इसके अतिरिक्त राम का कुशल-क्षेम हनुमान द्वारा पाकर सीता आश्वस्त हो गईं। धनुष-भंग के समय उन्होंने राम का जो भी रूप देखा था उसके सन्दर्भ में स्त्री-मनोविज्ञान के नाते उनके मन में यह बात जरूर होगी कि स्वयं राम उन्हें अपहरण से मुक्त करें। रावण के प्रलोभनों और धमकियों की भी उसे सजा मिलनी ही चाहिए थी। यही सोचकर सीता ने हनुमान के साथ जाने से इनकार कर दिया होगा। लेकिन सीता ने अपनी इस स्त्रियोचित इच्छा को हनुमान के सामने प्रकट नहीं किया। इसकी जगह उन्होंने पातिव्रत्य का ही तर्क उपस्थित किया—अपनी स्नेहानुरक्ति को ही सबसे अधिक प्रधानता दी। इसीलिए जब कारागृह से मुक्ति के बाद उनके सामने सार्वजनिक अग्निपरीक्षा का प्रस्ताव रखा गया तो वे खिन्न हो उठीं और उन्होंने अपने मन में राम के सामने वही तर्क उपस्थित किया—

क्या महाबली मारुति ने,
तुमको था नहीं बताया?
मैंने शाश्वत पातिव्रत,
लंका में कवच बनाया।

यद्यपि अग्निपरीक्षा के इस प्रस्ताव से सीता खिन्न होती हैं तथापि अपने मन की आन्तरिक दृढ़ता और आत्म-विश्वास से वे उसे स्वीकार भी कर लेती हैं। क्योंकि उन्हें अपनी निष्कलुषता पर अटल विश्वास है। वे निष्कलंक साबित होती हैं और देवता भी उनकी पवित्रता का गायन करते हैं। लेकिन कवि ने सीता के मन में खिन्नता और उदासी का हलका सा संस्पर्श यहाँ डाल दिया है। यद्यपि सीता अग्निपरीक्षा के इस आकस्मिक आयोजन को स्वीकार करती हैं, उन्हें इससे अप्रत्याशित धक्का भी लगता है। उन्हें इसकी आशा नहीं थी। वे इसकी कल्पना भी नहीं करती थीं। लेकिन विजय और मुक्ति के उल्लास में वे इसे भूल जाती हैं और अग्निपरीक्षा के लिए तैयार हो जाती हैं। लेकिन उनके मन में राम के असाधारणत्व के प्रति संशय का कीड़ा तो पैठ ही जाता है। वे उनके असाधारणत्व पर प्रश्नचिह्न तो लगा ही देती हैं—

संशय के उस इक क्षण में
तुम साधारण बन बैठे!
सारी महानता त्यागी
जब परित्याग कर बैठे।

यही नहीं, सीता अपने इस प्रश्न-चिह्न को एक और व्याख्या तक ले जाती हैं। राम

के चरित्र की ओर से इस प्रश्न का यह जवाब आता है कि एक आदर्श राजा होने के नाते वे मर्यादा भंग होते नहीं देखना चाहते थे। लोक की छोटी से छोटी असहमति भी उन्हें स्वीकार्य नहीं थी। इसीलिए राम का हर निर्णय लोक का निर्णय हुआ करता था। और जो लोक-निर्णय है वह आदर्श है। लेकिन सीता इसे सूक्ष्म मनोवैज्ञानिक व्याख्या तक ले जाती हैं—एक लोकनायक लोक-निर्णय के सुरक्षित कवच में अपनी रुचि-अरुचि, अपनी कमजोरियाँ, अपनी इच्छाएँ, अपने विचार और आदर्श तो नहीं प्रकट करता? लोक-निर्णय की वास्तविकता क्या है? क्या वह सचमुच लोक की सुविचारित इच्छा का परिणाम है या उसके कवच में शासक स्वयं अपनी कमजोरियाँ छिपाता है? अगर ऐसा है तो लोक-निर्णय निरर्थक है। लेकिन इस काव्य के मध्य भाग में कवयित्री सीता के इस कथन को इस निर्णय तक नहीं पहुँचाती, इस निर्णय की पृष्ठभूमि कायम करती है, इसका एक धुँधला सा संकेत प्रस्तुत करती है। यहाँ पर तो सीता केवल इतना ही कहकर चुप हो जाती हैं—

लोकापवाद का भय था
या निज की वह कमजोरी;
जो विकट-परीक्षा ले ली
उस मिलन-घड़ी में मेरी!

अग्नि-परीक्षा के सम्बन्ध में दिए गए अपने इन्हीं संकेतों की पृष्ठभूमि पर सीता का निर्वासन सामने आता है। सीता उसके विरुद्ध बहुत से करुण तर्क रखती हैं। वे अपने निर्वासन का प्रत्यक्ष विरोध नहीं कर सकतीं। क्योंकि सम्राट से लेकर पुरजन परिजन परिवार—कोई भी उनकी ओर से बोलने के लिए तैयार नहीं है। राम आदर्शवादी, धीर-गम्भीर, उदात्त लोकपति हैं। उनकी उदात्तता पर कोई भी प्रश्न-चिह्न नहीं लगा सकता। लोकादर्श उनके साथ है। लोक-निर्णय का सदा सत्कार उनकी विशेषता है। वे मर्यादा-पुरुषोत्तम हैं। वे लोकोत्तर हैं। ऐसी स्थिति में करुण असहाय तर्कों के अलावा सीता के पास दूसरा कोई भी विकल्प नहीं रह जाता। अतः सीता का पहला तर्क है कि वे अग्नि-परीक्षा देकर निष्कलंक साबित हो चुकी हैं। दूसरा तर्क जो इस पहले तर्क से अधिक प्रबल है—वह यह कि वे गर्भवती हैं अर्थात रघुकुल का उत्तराधिकारी उनके गर्भ में है इसलिए उनके निर्वासन पर पुनः विचार होना चाहिए। उनका तीसरा तर्क यह है कि अगर राजा का मुख्य कर्तव्य लोक को अपने अनुकूल बनाना है, प्रजा-रंजन है, तो मैं भी तो उनकी प्रजा हूँ। जाहिर है कि इन तीनों ही तर्कों का कोई अर्थ सत्ता के लिए नहीं है। वह सीता के निर्वासन का तथाकथित लोक-निर्णय ले लेती है तो उस पर अन्त तक अटल रहती है। और लक्ष्मण रोती-कलपती सीता को तमसा के किनारे छोड़कर वापस लौट आते हैं।

यहाँ, इस मनःस्थिति में सीता द्वारा जल-समाधि लेने की बात सोचना अत्यन्त स्वाभाविक है। लेकिन फिर उनके भीतर बैठी हुई माँ उन्हें इस आत्मघात से बचाती है। इसमें ऋषि-कवि वाल्मीकि भी सहायक होते हैं। सीता एक साधारण स्त्री की तरह ऋषि के आश्रम में अपने जुड़वाँ पुत्रों की सेवा-शुश्रूषा में अपनी जिन्दगी गुजार देना अब अपनी नियति समझने लगी हैं। उन्होंने राम का स्वप्न लगभग छोड़ दिया है। वे सम्राट-पत्नी हैं, राजरानी हैं--यह विचार उनके मन में शायद ही कभी उठता है। वाल्मीकि रामायण की रचना में संलग्न हैं और वे लव-कुश को रामायण के गायन में पारंगत करते हैं। तभी राम के अश्वमेध-यज्ञ में सम्मिलित होने के लिए ऋषि वाल्मीकि को निमन्त्रण आता है और वे दोनों बालकों को लेकर यज्ञभूमि में पहुँचते हैं। पहले शत्रुघ्न से और अब साक्षात् वाल्मीकि के श्री-मुख से राम को यह ज्ञात होता है कि सीता उनके आश्रम में हैं और लव-कुश उनके पुत्र हैं। राम लोक के सामने निष्कलंक साबित हो चुके हैं। अतः वे गुरुजनों और अन्य ऋषियों से परामर्श करके सीता को पुनः वापस लेने का अपना निर्णय वाल्मीकि को सुनाते हैं और उन्हें इसके लिए राजी कर लेते हैं। लेकिन फिर वही शर्त दुहराई जाती है—कि सीता को पुनः एक बार सार्वजनिक अग्निपरीक्षा देनी होगी। वाल्मीकि को इसमें कोई अनर्थ नहीं दिखाई देता। वे चाहते हैं कि सीता का खोया हुआ अधिकार उन्हें किसी भी तरह पुनः वापस मिल जाए। अतः वे यज्ञ से लौटने पर राम का सन्देश सीता को पहुँचा देते हैं—साथ ही वे इसका भी संकेत देते हैं कि वे अग्निपरीक्षा के स्थान तक सीता को ले जाने के लिए वचनबद्ध हैं।

लेकिन सीता के भीतर राम के लोक-निर्णय के बारे में जो शंका उठी थी वह उनके निर्वासन से और भी गहरी हो उठी थी। क्या लोक-निर्णय के माध्यम से राम के अपने मन की शंका तो नहीं व्यक्त हो रही थी? निर्वासन के अवसर पर यह प्रश्न और गहरा होकर उभर आया—

तुमने मेरी शुचिता पर
फिर से सन्देह दिखाया
जन-निन्दा के माध्यम से
अपना सवाल दोहराया।

सीता की शंका लगभग विश्वास में बदल चुकी है। अब उन्हें लगने लगा है कि राम के अपने ही मन में उनके चरित्र के प्रति शंका है जिसे वे लोक-निर्णय के चिकने लिबास में बार-बार प्रकट करते हैं। सीता को (अपनी पत्नी को) लेकर उनका असाधारणत्व उनका साथ छोड़ देता है। उनके भीतर की दुर्बलता उन पर हावी हो जाती है जिसे वे हर बार 'लोकापवाद' का नाम देते हैं। इसीलिए सीता वाल्मीकि के आश्रम में अन्तिम रूप से रहने का फैसला मन ही मन कर लेती हैं, क्योंकि वे

और अधिक लांछन और अपमान बर्दाश्त करना नहीं चाहतीं। उनकी इस नई और विवश निश्चिन्तता के बीच वाल्मीकि फिर उनके सामने राम द्वारा ग्रहण का प्रस्ताव और उनकी वही पुरानी शर्त लेकर आते हैं। सीता के लिए यह अपमान का चरम शिखर है। वे किसी भी दूसरी सार्वजनिक अग्निपरीक्षा के लिए तैयार नहीं हैं। यहाँ कवयित्री का उद्देश्य स्पष्ट है। क्या अग्नि-परीक्षा सिर्फ स्त्री के लिए ही बनी है? **क्या पुरुष सदा मर्यादापुरुषोत्तम है? क्या उसके लिए अपनी पवित्रता और अपना चरित्र प्रमाणित करने के लिए कोई भी शर्त नहीं है? क्या उसकी निरंकुशता क्षम्य है?** क्या स्त्री उसकी दासी से अधिक कुछ नहीं है? इन्हीं नये अथवा आधुनिक मानव-समाज के प्रश्नों को उठाने की वजह से प्रस्तुत खंडकाव्य एक सार्थक आधुनिक काव्य-ग्रन्थ के रूप में हमारे सामने अपनी महत्ता प्रस्तुत करता है। **साथ ही सीता अन्तिम रूप से यह सवाल भी उठाती हैं कि क्या राम की प्रज्ञा लोक-निर्णय को अपने अनुकूल नहीं बना सकती?** अगर वे ऐसा नहीं कर सकते तो यह स्वतः सिद्ध हो जाता है कि राम लोक-निर्णय को अपने मन की कमजोरी को प्रकट करने के लिए कवच की तरह इस्तेमाल कर रहे हैं—

शंका के ऊपर नर है
नारी को ही रोना है।

अथवा

अपवित्र सिर्फ नारी ही
होती है क्या जीवन में
क्या पुरुष पान कर आता
पावनता का, घुट्टी में!

लेकिन वाल्मीकि राम के निर्णयों के पक्ष में अपनी दलीलें पेश करते हैं और फिर उसी पातिव्रत्य की दुहाई देकर सीता को सार्वजनिक शपथ-ग्रहण के लिए मानसिक रूप से तैयार करते हैं। यहीं पर आकर सीता भीतर ही भीतर दूसरी तरह का निर्णय लेती हैं। यदि उन्होंने सार्वजनिक अग्निपरीक्षा दी है तो वे अपना विरोध अपना विद्रोह, अपने आत्मसम्मान, नारीत्व और पवित्रता की रक्षा भी सार्वजनिक रूप से ही करेंगी। यही सोचकर वे वाल्मीकि के साथ सार्वजनिक शपथ-ग्रहण के लिए चलने को तैयार हो जाती हैं। और अन्ततः वह सार्वजनिक शपथ-ग्रहण एक दुर्दान्त त्रासदी में बदल जाता है। जाबालि, वशिष्ठ, कात्यायन, दुर्वासा, भार्गव, वामन, काश्यप, मौद्गल्य, शतानन्द जैसे महामुनियों के समक्ष अन्ततः सीता अपने विद्रोह को प्रकट करती हैं और अपनी पवित्रता को प्रमाणित करते हुए भी अयोध्या लौटने से इनकार कर देती हैं। इस तरह बार-बार प्रताड़ित भारतीय नारी के अपमान के विरुद्ध सीता का चरित्र

एक प्रतीक बनकर हमारे सामने प्रकट होता है। लेकिन जाते-जाते सीता दो सत्य हमारे सामने–इस पुरुष-प्रधान समाज के सामने–फेंक जाती हैं। **एक तो यह कि इन स्थितियों में त्रासदी का शिकार हर बार स्त्री ही होती है।** पुरुष पर समय की अपने कर्मों की मनोवैज्ञानिक मार का असर क्यों नहीं होता?–

> **वह दीर्घ, अनिश्चित समय**
> **तुम्हें क्यों उजला छोड़ गया था!**
> **मैं ही ऐसा दर्पण थी**
> **जिसको वह तोड़ गया था।**

और दूसरा सत्य, जो इस पहले से भी अधिक महत्त्वपूर्ण है कि क्या मर्यादा-पुरुषोत्तम (शासक पुरुष) पति या पिता नहीं होते? क्या व्यक्तिगत, निजी जीवन को खोकर ही लोक-कल्याण सम्भव है? अर्थात् क्या दोनों में कहीं कोई समन्वय की स्थिति सम्भव नहीं है?

> **क्या मर्यादा - पुरुषोत्तम**
> **पति पिता नहीं होते हैं?**
> **करते हैं हित जनपद का**
> **अपने प्रियजन खोते हैं?**

इस प्रकार प्रस्तुत खंडकाव्य सीता के चरित्र के माध्यम से नारी और पुरुष के सम्बन्धों की एक नई व्याख्या और एक नया समाधान प्रस्तुत करता है। और इस तरह कवयित्री का उद्देश्य हमारे सामने स्पष्ट हो जाता है। इस उपर्युक्त विषय-विवेचन से यह प्रकट हो जाता है कि यह खंडकाव्य नारी और पुरुष के सम्बन्धों के बारे में एक वैज्ञानिक विचारधारा का पक्षधर है। अर्थात् **यह खंडकाव्य नारी और पुरुष के कर्तव्यों और अधिकारों में समानता का पक्ष लेता है।** मनु की इस विचारधारा की जगह कि 'स्त्रियों का कभी भी विश्वास नहीं करना चाहिए' इस विचार-पद्धति को प्रश्रय मिलना चाहिए कि 'जहाँ स्त्रियों की पूजा होती है वहाँ देवता निवास करते हैं।' साथ ही यह भी कि यदि पुरुष स्त्री के सम्मान, उसकी मर्यादा और उसकी पवित्रता में रुचि नहीं रखता–उसके बारे में लोक के बहाने, समाज के बहाने बार-बार शंकाएँ जाहिर करता है; उसे प्रताड़ित करता है, बार-बार उसके अधिकारों और उसके सत्व से उसे निर्वासित करता है तो स्त्री को स्वयं अपने सम्मान की रक्षा के लिए तत्पर होना चाहिए। स्त्री कोई सम्पत्ति नहीं–बल्कि अर्द्धांगिनी है। इसीलिए पुरुष को उसे बार-बार परीक्षा के बहाने सार्वजनिक रूप से अपमानित करने का अधिकार नहीं है। इस प्रकार आज के पुरुष-प्रधान समाज के सामने स्त्री के आत्म-सम्मान और सत्त्व

की रक्षा का प्रश्न उठाकर प्रस्तुत काव्य स्त्री के प्रति सार्वजनिक अन्तर्राष्ट्रीय मुक्ति का सवाल उठाता है। साथ ही सदाचार और उन्नत मानवीय जीवन के प्रति अपनी निष्ठा को दृढ़ करता है। इसी दृष्टि से प्रस्तुत खंडकाव्य एक सार्थक और सफल प्रयत्न है।

राम

इस खंडकाव्य में सीता का चरित्र ही मुख्य चरित्र है। शेष सारे चरित्र सीता की व्यथा और उनके विद्रोही निर्णय को ठोस और गहरा बनाने के लिए कविता में आए हैं। सीता का सारा अन्तर्द्वन्द्व राम के चरित्र के समानान्तर प्रस्तुत किया गया है। इसीलिए इसमें दूसरा प्रमुख चरित्र राम का है। लेकिन स्मरण-शैली में लिखे जाने के कारण राम पूरे काव्य में सिर्फ एक स्थल को छोड़कर कहीं भी सशरीर उपस्थित नहीं होते। सिर्फ शपथ-ग्रहण के अवसर पर राम एक बार अपनी पूर्व धारणा और अपनी उसी पुरानी अटल निश्चयात्मकता के साथ उपस्थित होते हैं। इसके पूर्व उनका सारा चरित्र सीता की मनःस्थिति के माध्यम से हमारे सामने आता है। राम का यह चरित्र जो इस खंडकाव्य में चित्रित हुआ है वह अधिकतर परम्परानुमोदित है अर्थात् वे धीर, वीर, प्रशान्त, मर्यादा-पुरुषोत्तम, लोकोत्तर प्रजापालक, लोक-निर्णय का सदा सम्मान करने वाले शासक के रूप में चित्रित हुए हैं। इस रूप में उनका चरित्र महान आदर्शवादी पुरुष के चरित्र के रूप में स्थापित किया गया है। लेकिन सीता के सन्दर्भ में राम के चरित्र के अन्दर भी एक छोटा-सा प्रश्न कवयित्री ने उठाया है। उनकी धीर-प्रशान्तता के भीतर कमजोरी की, शंका की हल्की अवतारणा करके कवयित्री ने उसे अधिक मानवीय बना दिया है। राम के चरित्र के सन्दर्भ में प्रस्तुत खंडकाव्य की यही विशेषता है जो उन्हें उनके स्थापित, परम्परानुमोदित चरित्र से अलग करती है। और कई मायनों में यह प्रस्तुत खंडकाव्य की गहरी उपलब्धि है। क्योंकि उनकी मानवीयता उन्हें आधुनिक साधारण मनुष्य के अधिक निकट लाती है और वे सिर्फ महामानव ही नहीं रह जाते।

वाल्मीकि

प्रस्तुत खंडकाव्य का दूसरा प्रमुख चरित्र वाल्मीकि का है। वाल्मीकि का चरित्र कई मायनों में राम के बाद दूसरा महत्त्वपूर्ण चरित्र है। वाल्मीकि निर्वासन की अवस्था में सीता के संरक्षक हैं। वे सिर्फ शरण ही नहीं देते बल्कि सीता के बच्चों के परिपालक और शिक्षक भी हैं। इसके अलावा वे राम-कथा के रचयिता भी हैं। इससे भी आगे वे राम और सीता के पुनर्मिलन में मध्यस्थ की भूमिका भी अदा करते हैं। इस रूप में वाल्मीकि की मध्यस्थता बड़ी महत्त्वपूर्ण है। वे राम के निर्णयों को उचित

भी ठहराते हैं। सीता के सारे तर्कों के बावजूद उन्हें राम के निर्णयों में पूरी आस्था है। वे राम द्वारा दिए गए निर्वासन को भी राजा और प्रजा के सम्वन्धों के लिए उचित ठहराते हैं। लेकिन राम के निर्णयों को उचित ठहराते हुए भी वे सीता के ऊपर अपने विचार नहीं लादते बल्कि उन्हें निर्णय लेने के लिए स्वतन्त्र छोड़ देते हैं। यही नहीं शपथ-ग्रहण के सार्वजनिक समारोह (?) में वे सीता की निष्कलंकता के पक्ष में अपना सीधा-सादा किन्तु प्रवल तर्क देते हैं। इस प्रकार वाल्मीकि का चरित्र एक समन्वयकारी चरित्र के रूप में कवयित्री ने हमारे सामने प्रस्तुत किया है।

इसके अलावा **हनुमान** और **लव** तथा **कुश** के चरित्र भी इस काव्य में आए हैं लेकिन उनका रूप परम्परानुमोदित ही है।

प्रस्तुत काव्य की शैली

जैसा कि हम पहले जिक्र कर चुके हैं प्रस्तुत खंडकाव्य स्मरण शैली में लिखा गया है। अतः स्थूल घटनाओं का निराकरण सरल हो गया है। इसके फलस्वरूप विवरणात्मकता और कथा में सूचनात्मकता का कम से कम इस्तेमाल हुआ है। शैली की इस विशेषता के कारण इतिवृत्त-कथन की जगह भावनात्मक तनाव का पूरी कथा में प्रवेश हुआ है। अगर इसकी जगह कथा वर्तमान में होती तो घटनाओं के वर्णन में प्रस्तुत के विस्तार को रोकना असम्भव था। क्योंकि सच बात यह है कि इसमें सीता के विवाह से लेकर वनवास, युद्ध, राजतिलक, निर्वासन और सम्भावित पुनर्मिलन—अर्थात् राम-जन्म को छोड़कर लगभग सम्पूर्ण रामकथा का समावेश किया गया है। लेकिन स्मरण शैली के प्रयोग के कारण कथा-संक्षेप में कवयित्री को काफी मदद मिली है। धनुष-भंग के बाद सीता के भीतर की अनुरक्ति, राम का शौर्य-दर्शन, वनवास, अपहरण की कथा की संक्षिप्तता दर्शनीय हैं। फिर राम-रावण-युद्ध का, सीता की मुक्ति का सन्देश भी अत्यन्त संक्षिप्त किया गया है बल्कि हनुमान के प्रसंग को आवश्यकता के अनुकूल कुछ ज्यादा महत्त्व प्रदान किया गया है।

दरअसल ये सारे प्रसंग पृष्ठभूमि का काम करते हैं—एक ऐसा निकष बनाते हैं जिस पर सीता का चरित्र और अधिक चमक जाता है। इन्हीं प्रसंगों में सीता के अपमान और फलस्वरूप राम के निर्णयों के प्रति उनके मन में अन्तर्द्वन्द्व का उदय होता है जिससे आगे चलकर वे आत्म-सम्मान की रक्षा के लिए कठोर किन्तु त्रासद निर्णय लेती हैं। वास्तव में प्रस्तुत खंडकाव्य का मुख्य कथ्य निर्वासन की कथा है। इसीलिए कवयित्री ने इस सन्दर्भ को अपेक्षित विस्तार दिया है। निर्वासन के प्रसंग ही खंडकाव्य की मुख्य समस्या को उसके हल अथवा उसकी सिद्धि तक पहुँचाते हैं। कुल मिलाकर कवयित्री ने काव्य की शर्तों के अनुकूल उन्हीं घटनाओं का चयन

किया है जो उसे फलागम तक पहुँचाने में सहायक सिद्ध होते हैं। घटनाओं और उनके विवरण का क्रम भी सीता के भावनात्मक विकास के अनुकूल रखे गए हैं। इस प्रकार हम कह सकते हैं कि शैली की दृष्टि से प्रस्तुत खंडकाव्य सफल रचना है।

भाषा

इतिवृत्त और घटनाओं की अप्रधानता के कारण प्रस्तुत खंडकाव्य की भाषा वर्णनात्मकता के बोझ से भारी नहीं है बल्कि उसकी जगह उसमें भावनात्मक आवेग की प्रधानता है। अर्थात् भाषा में गद्यात्मकता का आभास (जो वर्णनात्मक काव्य का लगभग अनिवार्य अंग होता है) कहीं भी नहीं दिखाई देता। शब्दों और प्रसंगों का चुनाव सीता की आन्तरिक भावनाओं के अनुकूल किया गया है। साथ ही स्मरण शैली के कारण इसमें शब्द-संक्षिप्तता देखने लायक है। शब्दों अथवा वाक्यों का व्यर्थ प्रयोग अथवा निरर्थक विस्तार पूरी कविता में कहीं भी देखने को नहीं मिलता।

यद्यपि रामायण की कथा के आधारभूमि होने के कारण प्रस्तुत खंडकाव्य में भाषा के तत्सम-प्रधान होने का खतरा हो सकता था, लेकिन ऐसा नहीं है। कवयित्री ने काव्य की पूरी भाषा का ढाँचा तद्भव प्रधान रखा है। शब्द-चयन में उसने काफी गहरी सजगता बरती है और इस प्रकार अपनी अभिव्यक्ति को सरल सहज और साथ ही सक्षम बना दिया है। कठिन से कठिन और जीवन के गूढ़तम प्रसंगों को भी सरल सहज भाषा में प्रस्तुत करना अत्यन्त महत्त्वपूर्ण कार्य है जो प्रस्तुत काव्य में सर्वत्र देखने को मिलता है। प्रस्तुत खंडकाव्य की भाषा-विषयक संरचना का एक महत्त्वपूर्ण अंक उसमें प्रस्तुत और सँजोया गया नाटकीय तत्व भी है। यह नाटकीयता निर्वासन के प्रसंगों में संवादों के माध्यम से जगह-जगह उभरकर सामने आती है। भाषा की इस संवादात्मकता के कारण चरित्रांकन उभारने में कवयित्री को महत्त्वपूर्ण सफलता मिली है। ये संवाद सीता और लक्ष्मण, राम और **विद्वत्-समाज**, वाल्मीकि तथा सीता और लव तथा कुश के बीच प्रयुक्त हुए हैं। संवादों के प्रयोग से अभिव्यक्ति में गहरी क्षिप्रता आ जाती है और उनके बीच से स्थितियों तथा घटनाओं का द्वन्द्व उभरकर सामने आता है। इस प्रकार कविता अपने सन्देश की ओर गतिमान होती है। इसके अतिरिक्त वन के प्रसंग में एक संयत किन्तु प्रभावकारी प्रकृति-चित्रण में कवयित्री की भाषा अपना सामर्थ्य प्रदर्शित करती है। ऐसे प्रसंग बहुत कम होते हुए भी अत्यन्त आकर्षक बन पड़े हैं।

अतः हम कह सकते हैं कि विषय-वस्तु के चुनाव, उसकी व्याख्या, कवित्व-शैली, चरित्रांकन और भाषा-सम्बन्धी संरचना—इन सभी दृष्टियों से प्रस्तुत काव्य अत्यन्त महत्त्वपूर्ण खंडकाव्य का उदाहरण प्रस्तुत करता है।

—दूधनाथ सिंह

❑❑❑